SV

Band 544 der Bibliothek Suhrkamp

# Federico García Lorca
# Gedichte

Ausgewählt und übertragen
von Enrique Beck

Suhrkamp Verlag

Erste Auflage 1977

Druck: Nomos Verlagsgesellschaft, Baden-Baden
Printed in Germany

# Gedichte

# Zikade!

3. August 1918
Fuente Vaqueros, Granada

*Für María Luisa*

Glückselge Zikade! Du stirbst
trunken von Licht auf dem Erdbett.
Dir kündet die Flur des Lebens
Geheimnis. Bewahrt blieb in dir
die Mär von der alten Zaubrin,
die sprießen hörte das Gras.

Glückselge Zikade! Du stirbst
im Blut eines Herzens aus Blau.
Das Licht ist Gott, der herabsteigt,
die Sonne – Bresche des Himmels,
durch die der Herr sich verströmt.

Glückselge Zikade! Du fühlst
vergehend der Bläue Gewicht.

Des Todes Tore durchschreitet,
was lebt, mit hangendem Haupte
und bleicher schlafender Miene.
Allein nur spricht der Gedanke,
doch lautlos . . .
mit Trauer erfüllt,
bedeckt mit tiefester Stille,
dem Umhangtuche des Todes.

Doch du, entzückte Zikade,
vergießest im Sterben noch Klang,

und zu Klang und himmlischem Licht
wirst du im Wandel verklärt.
Glückselge Zikade! Dich hüllt
der Heilige Geist, der das Licht ist,
in seine Capa aus Strahlen.

Zikade! Tönender Stern
über den schlafenden Äckern,
du alte Freundin der Frösche
und der verborgenen Grillen,
Grabmäler hast du aus Gold
im zitternden Schmelz der Sonne,
die süß dich im Sommer versehrt,
und die Sonne entlockt dir die Seele,
auf daß sie werde zu Licht.

Mein Herz, sei Zikade auch du
auf göttlich erhabnem Gefild.
Und langsam singend verglühe,
vom blauen Himmel verwundet,
und während du stirbst, verstreue
eine Frau dich, die ich erahne,
mit ihren Händen im Staub.

Und rötlicher weicher Lehm
werde mein Blut auf dem Acker,
den die ermüdeten Bauern
mit eisernen Hacken zerwühlen.

Glückselge Zikade! Dich treffen
die unsichtbarn Degen des Blaus.

# Der Schatten meiner Seele

Dezember 1919
(Madrid)

Der Schatten meiner Seele
durchflieht ein Verdämmern von Alphabeten,
Büchernebel
und Worte.

Der Schatten meiner Seele!

Ich bin an die Grenze gelangt, wo aufhört
die Wehmut,
und der Wehklagetropfen sich verwandelt
in Geistalabaster.

(Der Schatten meiner Seele!)

Die Schmerzensflocke
vergeht,
aber es bleibt der Grund und der Gehalt
meines alten Lippenmittags,
meines alten Blicke-
Mittags.

Ein trüber Wirrwarr
diesiger Gestirne
umgarnt meine Träumerei,
die fast verwelkt ist.

Der Schatten meiner Seele!

Und eine Sinnestäuschung
melkt mir die Blicke.
Ich sehe das Wort Liebe
zusammengestürzt.

Meine Nachtigall!
Nachtigall!
Singst du noch?

# Der Diamant

November 1920
(Granada)

Der Diamant eines Sterns
hat die Tiefe des Himmels geritzt.
Lichtvogel, welcher das All,
dieses unermeßliche Nest,
darin er gefangen war, flieht,
aber nicht weiß, daß gebunden
am Hals eine Kette ihn hält.

Außermenschliche Jäger
jagen nach Abendsternen,
Schwänen gediegenen Silbers
im tiefen Wasser der Stille.

Die Erlenkinderchen plappern
und lesen aus ihren Fibeln.
Eine alte Erle, ihr Lehrer,
bewegt ihre dürren Arme.
Jetzt spielen wohl alle Toten
im fernen Berg ein Spiel Karten.
Wie traurig, das Leben im Friedhof!

Frosch, beginne dein Quaken!
Grille, verlasse dein Loch!
Zaubert mit eueren Flöten
einen Wald von Tönen hervor.

Unruhig wende den Schritt ich
nach meinem Hause zurück.

Es flattern durch meine Gedanken
zwei ländliche Tauben; und fern,
ferne am Rand des Gesichts
taucht unter des Tages Gefäß.
Schreckliches Schöpfrad der Zeit!

# Neue Lieder

August 1920
(Vega de Zujaira)

Der Nachmittag sagt: »Ich habe Durst nach
Schatten!«
Der Mond sagt: »Ich habe Durst nach Sternen«.
Die Quelle aus Kristall verlangt nach Lippen,
und Seufzer haucht der Wind.

Ich habe Durst nach Düften und nach Lachen,
nach neuen Liedern Durst
mit Monden nicht, nicht Lilien
und nicht mit toten Lieben.

Ein Sang von morgen, welcher tief erschüttre
die ruhigen, stillen Wasser
der Zukunft und mit Hoffnung ganz erfülle
die Wellen und den Schlamm.

Ein leuchtender und lang gelagerter Gesang
der voll ist von Gedanken,
jungfräulich ist von Traurigkeiten, Ängsten
und jungfräulich von Träumen.

Ein Sang, der ohne Lyrikfleisch erfülle
die Stille mit Gelächter
(ein Schwarm von blinden Tauben, aufgebrochen
zum Mysterium).

Ein Sang, der zu der Dinge Seele gehen soll
und zu der Winde Seele,
und der dann schließlich ruhe in der Freude
des ewigen Herzens.

## Die Ahnung

August 1920
(Vega de Zujaira)

Die Ahnung
ist Sonde der Seele
in das Mysterium.
Nase des Herzens,
die das Dunkel der Zeit
durchforscht.

Gestern – ist das Verwelkte,
das Gefühl
und die Grabstatt
der Erinnrung.

Vorgestern
ist das Gestorbne.
Lager todkranker Ideen
zaumloser Flügelrosse.
Gestrüpp von Erinnrungen,
Wüsten,
im Nebel der Träume
verloren.

Nichts stört die vergangnen
Zentennien.
Dem Alten
entreißen wir nicht
einen Seufzer.

Das Vergangne legt an
seinen eisernen Harnisch
und mit Windwatte stopft's sich
die Ohren.

Nie entringen wir ihm
ein Geheimnis.

Seine Jahrhundertemuskeln,
sein Gehirn
fötal schon verwelkter
Bilder
können den Saft nicht spenden,
den das durstige Herz dringend braucht.

Aber das künftige Kind
wird ein Geheimnis uns künden,
wenn es im Sternbettchen
spielt.
Es ist leicht zu betrügen;
und deswegen
laßt uns ihm zärtlich
unseren Busen geben.
Denn der stille Maulwurf
der Ahnung
bringt uns, während es schläft,
all seine Trommelschellen.

## Lied für den Mond

August 1920

Blasse Schildkröte,
schläfriger Mond,
wie wanderst du
langsam!
Senkst du ein Lid
nieder aus Schatten,
so schaust du wie ein
archäologisches
Auge.
Welches vielleicht . . .
(ein Aug' nur hat Satan)
eine Reliquie ist.
Lebendige Lehre
für Anarchisten.
Es pflegt Jehova
sein Feld zu besäen
mit toten Augen
und kleinen Köpfchen
der ihm feindlichen
Truppen.

Es herrscht mit Härte
das göttliche Antlitz
mit seinem Turban
aus frostigen Nebeln
und wirft dem blonden

Raben des Tages
leblose, holde
Gestirne hin.
Deswegen, Mond,
schläfriger Mond!,
verwahrst du dich,
trocken von Brisen,
gegen die Tyrannis
des großen Mißbrauchs
dieses Jehovas,
der ewig euch über
einen urgleichen Pfad schickt!,
während er selber
stets in Gesellschaft
genießt von Frau Tod,
seiner Geliebten . . .

Blasse Schildkröte,
schläfriger Mond,
keusche Veronika
der Sonne, deren rötliches
Antlitz du säuberst,
wenn sie hinabsinkt.
Hege nur Hoffnung,
tote Pupille,
denn deiner Regionen
Großer Lenin
heißt Großer Bär,
die unbändge Bestie
des Himmelsgewölbes,
die ruhig einst hingeht,
den Abschied zu geben

dem riesigen Alten
der bekannten sechs Tage.

Und dann, blasser Mond,
kommt wohl das pure
Staubreich zu uns.

(Ihr habt wohl bemerkt,
ich bin Nihilist.)

# Traum

Mai 1919

Mein Herz ruht aus beim kalten Quell.

(Füll es mit deinen Fäden,
du Spinne des Vergessens.)

Ihm sang sein Lied des Wassers Quell.

(Füll es mit deinen Fäden,
du Spinne des Vergessens.)

Mein Herz, erwacht, erzählt' ihm seine Lieben.

(Der Stille Spinne, du,
web' ihm doch dein Mysterium.)

Mit Schwermut hört dem zu das Wasser
        aus dem Quell.

(Der Stille Spinne, du,
web' ihm doch dein Mysterium.)

Mein Herz schlägt auf das Wasser des kalten Quells.

(Ihr weißen, fernen Hände,
nun haltet auf die Wasser.)

Und fort trägt es das Wasser
und singt dabei vor Freude.

(Ihr weißen, fernen Hände,
es bleibt nichts mehr im Wasser!)

# Die Sonne ist untergegangen

August 1920

Die Sonne ist untergegangen. Die Bäume
sind in sich versenkt wie Statuen.
Das Korn ist schon gemäht.
Wie traurig
die stillstehnden Schöpfräder!

Ein bellender Bauernrüde
will Venus verschlingen.
Sie strahlt auf dem Vor-Kuß-Lager
gleich einem großen Apfel.

Die Mücken – Flügelpferde des Taus –
durchfliegen die ruhige Luft.
Die unermeßliche Penelope des Lichts
webt eine klare Nacht.

– Schlaft, meine Töchter, der Wolf kommt,
so blöken die Schäfchen.
– Freundinnen, ist es schon Herbst?,
fragt eine runzlige Blüte.

Bald kommen vom fernen Gebirge
die Hirten zurück mit dem Hausrat.
Bald spielen die kleinen Kinder
in der Türe der alten Schenke,
bald gibt es die Liebesliedchen,
welche die Häuser
schon auswendig wissen.

# Nachmittag

November 1919

Mattgraue, regnichte Dämmrung,
Wanderung ohne Ende.
Welk sind die Bäume – einsam
mein Zimmer, die alten Portraits,
das unaufgeschnittene Buch.

Kümmernis quillt aus den Möbeln
und kriecht mir über die Seele.
Für mich hat vielleicht die Natur
keine kristallene Brust.

Es schmerzt mich das Fleisch des Herzens,
es schmerzt mich das Fleisch der Seele.
Auf der Luft, wenn ich spreche, schwimmt
wie Kork auf dem Wasser mein Wort.

Nur deiner Augen wegen
erleide ich dieses Übel,
Trübnisse, die lang her sind
und welche noch kommen werden.

Mattgraue, regnichte Dämmrung,
Wanderung ohne Ende.

## Seelen gibt es

8. Februar 1920

Seelen gibt es mit blauen
leuchtenden Morgensternen,
modernden Morgenstunden
zwischen den Blättern der Zeit –
mit keuschen Winkeln, in denen
ein altes Raunen von Sehnsucht,
von Schlaf und Träumen sich birgt.

In anderen Seelen dunkeln
der Leidenschaft schmerzvolle Schatten,
von Maden zerfressene Früchte,
Nachhall verbrannter Schreie,
die her aus der Ferne fluten
wie ein chimärischer Fluß.
Hohle Erinnrung an Klagen
und Brosamen, Krumen von Küssen.

Seit langem ist reif meine Seele,
zerfällt, von Geheimnis umnachtet.
Noch jugendlich stürzen Steine,
von Illusionen benagt,
auf das Wasser meiner Gedanken.
Jeder Stein sagt: Gott ist sehr weit!

# Feuchter Hof

1920

Die Spinnen verwebten den Lorbeer.
Der Zufall zerstäubt zu Schnee,
und die verschlafenen Jahre
wagen schon, aufzuhalten
den Webstuhl des Immers.

Die Ruhe, zur Sphinx geworden,
lacht über den im dunklen
Hauche ferner Zypressen
melancholisch singenden Tod.

Der Epheu der Tropfen berankt
die von archaischen Misereres
zutiefst durchdrungenen Mauern.

Weine, o alter Turm, deine
Tränen christlicher Baukunst
und arabischer Ornamentik
über diesen tiefernsten Hof,
darin kein Springbrunnen spielt.

Die Spinnen verwebten den Lorbeer.

## Sternstunde

1920

Stille Note der Nacht
auf des Unendlichen Tonblatt.

Elend stürz ich zur Straße,
reif von verlorenen Versen.
Das Schwarze, vom Zirpen der Grillen
durchsiebt, hat jenes so fahle
Irrlicht des Klangs – das im Geist
empfundene Licht aus Musik.

Die Skelette von tausend Faltern
schlafen umschlossen von mir.

Ausgelassene Brisen
tollen jung überm Flusse.

## *Der Weg*

Nimmermehr wird deine Lanze
den Saum verletzen des Himmels,
denn der Berg ist sein schirmender Schild.

Träum nicht vom Blute des Mondes,
halt ein! Doch laß meine Sohlen
die Zärtlichkeit fühlen des Taus.

Gigantischer Chiromant!
Kannst du die Seelen erkennen
an der schwächlichen Tatauierung,
die auf der Schulter sie achtlos dir lassen?
Bist Flammarion du der Tritte,
wie mußt du die Esel dann lieben,
die dein zerrissenes Fleisch
mit demütger Zartheit liebkosen.
Sie nur ergrübeln das Ziel
deiner ungeheueren Lanze;
sie nur, die Buddhas der Tiere,
die wund und müde im Alter
dein Buch ohne Worte entziffern.

Welcher Schwermut verfällst du
zwischen den Hütten der Dörfer!
Wie ist deine Tugend so lauter!
Du erträgst vier schlafende Karren,
zwei Akazien, einen versiegten
Brunnen aus anderer Zeit.

Du umwanderst die Welt und findest
nicht Raststatt, nicht Friedhof, nicht Bahrtuch,
kein Liebeslied schenkt neue Kraft dir.

Aber verlaß nur die Felder –
und du schreitest, in dunkler Entfernung
vom Ewgen, wenn du den Schatten,
o Weg!,
mit deiner weißen Feile zertrennst,
über die Brücke der Heiligen Clara.

# Das unterbrochene Konzert

1920

*Für Adolfo Salazar*

Des halben Monds
gefrorne und schläfrige Fermate
zerbrach die Harmonie
der tiefen Nacht.

Die Rieselbächlein sickern stummen
mit Zyperngras bedeckten
Einspruch, und die Frösche, des Schattens
Muezzine, sind verstummt.

Der alten Dorftaverne
triste Musik hat aufgehört,
es hat der allerälteste Stern
dem Spielwerk die Sordine aufgesetzt.

Der Wind hat sich verkrochen in die tiefen
Schluchten des dunklen Bergs,
und einsam – keuscher Ebene
Pythagoras – will eine Erle mit hundertjährger Hand
dem Monde einen Backenstreich versetzen.

# Land

1920

Der Himmel ist Asche.
Die Bäume sind weiß,
die branstigen Stoppeln
sind tiefschwarze Kohlen.
Das Blut in der Wunde
der Dämmrung vertrocknet,
das Papier ohne Farbe
des Berges zerknittert.
Der Staub auf dem Wege
versteckt sich in Schluchten,
die Quellen sind unklar,
die Staue sind still.
Ins Graurote klingen
die Glocken der Herden,
das mütterlich' Schöpfwerk
hält an seinen Rosenkranz.

Der Himmel ist Asche.
Die Bäume sind weiß.

# Die Ballade vom Wasser des Meeres

1919

*Für Emilio Prados (Wolkenjäger)*

Das Meer
lächelt von ferne.
Zähne aus Schaum,
Lippen aus Himmel.

– Was, unruh'ges Mädchen, verkaufst du,
die Brüste frei in der Luft?

– Ich verkaufe, Herr, das Wasser
der Meere.

– Was trägst du mit dir, dunkeler Jüngling,
mit deinem Blute gemischt?

– Ich trage, Herr, mit mir das Wasser
der Meere.

– Diese salzigen Tränen,
woher kommen sie, Mutter?

– Ich weine, Herr, das Wasser
der Meere.

– Mein Herz, und diese tiefe
Bitternis, woher stammt sie?

– Es macht sehr bitter das Wasser
der Meere.

Das Meer
lächelt von ferne.
Zähne aus Schaum,
Lippen aus Himmel.

# Bäume

1919

Seid, Bäume ihr, Pfeile gewesen,
die aus dem Blauen gefallen?
Wer sind die furchtbaren Krieger,
die von der Sehne euch schnellten?
Sind es die Sterne gewesen?

Tief aus der Seele der Vögel,
tief aus den Augen des Herrn,
tief aus vollendetem Leid
erstehen eure Gesänge.

Kennt euer knorriges Wurzelwerk,
ihr Bäume!, mein Herz in der Erde?

# Der Mond und der Tod

1919

Der Mond bleckt Elfenbeinzähne.
Wie alt und traurig er blinzelt!
Die Betten der Bäche sind trocken,
den Feldern entsprießt kein Grün,
die kahlen, gebeugten Bäume
sind ohne Nester und Blätter.
Frau Tod, zerschrunden und borkig,
streicht durch die Trauerweiden
mit ihrem verschrobnen Gefolg
erträumter entlegener Wünsche.
Wie eine Hexe im Märchen
verhökert sie, arglistig, bös,
Farben von Unheil und Wachs.

Der Mond erfeilschte sich Schminken
vom Tod. Der Mond ist verrückt
in dieser verworrenen Nacht!

Doch mir in der düsteren Brust
erricht' ich derweilen selber
mit den dunklen Zelten aus Schatten
eine Kirmes ohne Musik.

## Nest

1919

Was bewahre ich wohl in diesen
Augenblicken der Trauer?
Ach, wer fällt meine
goldnen und blühenden Wälder!
Was lese ich wohl im bewegten
Silber des Spiegels, den Aurora
im Wasser des Flusses mir vorhält?
Welch große Gedankenulme
brach ein wohl in meinem Walde?
Welcher Regen von Stille
läßt mich in Schauern?
Welche Dornengebüsche
verbergen mir Neu-Gebornes,
wenn ich am traurigen Ufer
tot meine Liebe zurückließ?

# Kleine Ballade von den drei Flüssen

*Für Salvador Quintero*

Durch Oliven und Orangen
strömet der Guadalquivir.
Die zwei Flüsse von Granada
stürzen sich vom Schnee zum Weizen.

*O Liebe,*
*die ging und nicht kam!*

Der Guadalquivir hat Bärte
von der Farbe des Granates.
Aber Klage sind und Blut
die zwei Flüsse von Granada.

*O Liebe,*
*in Lüften vergangen!*

Einen Weg für Segelschiffe
hat Sevilla. Doch Granada –
auf den Wassern von Granada
rudern einsam nur die Seufzer.

*O Liebe,*
*die ging und nicht kam!*

Wind im Haine der Orangen,
hoher Turm, Guadalquivir.

Dauro und Genil sind Türmchen,
die schon bei den Teichen enden.

*O Liebe,*
*in Lüften vergangen!*

Wer wohl sagt, das Wasser trüge
Schreie, die wie Irrlicht zucken!

*O Liebe,*
*die ging und nicht kam!*

Nein, es trägt Orangenblüten,
trägt Oliven, Andalusien,
deinen beiden Meeren zu.

*O Liebe,*
*in Lüften vergangen!*

## Begegnung

Nicht du bist vorbereitet
und nicht ich, einander
zu begegnen.
Du . . . weißt ja wohl, warum.
Wie hab ich sie geliebt!
Folg diesem kleinen Pfad.
In den Händen
verbrennen mich die Löcher
der zwei Nägel.
Und siehst du etwa nicht,
daß ich verblute?
Wag nicht, dich umzudrehn,
geh langsam weiter
und bete, so wie ich,
zum heilgen Kajetan,
da du nicht vorbereitet
und nicht ich, einander
zu begegnen.

## Saeta

Schwarzbrauner Christus
wandert
von Judäas Lilie
hin zur Nelke Spaniens.

*Seht doch nur, von wo er kommt!*

Von Spanien.
Mit reinem, dunklem Himmel,
versengter Erde
und Rinnseln, deren Wasser
sehr langsam fortzieht.
Schwarzbrauner Christus
mit verbrannten langen Locken,
vorstehnden Backenknochen
und weißen Augenäpfeln.

*Seht doch nur, wohin er geht!*

# Memento

Wenn dereinst ich sterbe,
begrabt mich mit meiner Gitarre
unter dem Sande.

Wenn dereinst ich sterbe
zwischen den Orangen
und den guten Minzen.

Wenn dereinst ich sterbe,
dann begrabt mich, wenn ihr wollt,
in einer Wetterfahne.

Wenn dereinst ich sterbe!

# Klapperholz

Klapperholz.
Klapperholz.
Klapperholz.
Wohlklangvoller Skarabäus.

In dem Spinnetz
einer Hand
kräuselst du die Luft,
die warme,
und vergehst in deinem Triller
aus Hartholz.

Klapperholz.
Klapperholz.
Klapperholz.
Wohlklangvoller Skarabäus.

# Lied des geprügelten Zigeuners

Vierundzwanzig Backenstreiche.
Fünfundzwanzig Backenstreiche;
nachts dann legt mich meine Mutter
auf ein silbernes Papier.

Landgendarmen, Landgendarmen,
gebt mir ein paar Schlückchen Wasser.
Wasser – und mit Booten, Fischen.
Wasser, Wasser, Wasser, Wasser.

Ay, Gebieter der Zivilen,
du, in deinem Saale oben!
Keine Seidentüchlein gibt es,
um mir das Gesicht zu säubern.

## Kleines stilles Wasser

Sah mich in deinen Augen
und dacht' an deine Seele.

Weißer Oleander.

Sah mich in deinen Augen
und dacht' an deinen Mund.

Roter Oleander.

Sah mich in deinen Augen.
Doch du warst gestorben!

Schwarzer Oleander.

## Variation

Der stille Stau der Luft
unter dem Zweige des Echos.

Der stille Stau des Wassers
unter dem Blattwerk aus Sternen.

Der stille Stau deines Mundes
unter der Dichte von Küssen.

# Vier gelbe Balladen

I

Auf dem Gipfel jenes Berges
steht ein kleines, grünes Bäumchen.

*Hirt, der du gehst,*
*Hirt, der du kommst.*

Und Olivenhaine taumeln
nieder zu der heißen Ebne.

*Hirt, der du gehst,*
*Hirt, der du kommst.*

Keine weißen Schäfchen hast du
und nicht Hund, nicht Stab, nicht Liebe.

*Hirt, der du gehst.*

Einem Schatten gleich aus Gold,
löst im Kornfeld du dich auf.

*Hirt, der du kommst.*

II

Die Erde war gelb.

*Göldchen, Göldchen,*
*Hirtenböldchen.*

Kein heller Mond,
kein Stern erschien.

*Göldchen, Göldchen,*
*Hirtenböldchen.*

Schneide, braune Winzerin,
schneid des Weinbergs Klagelied.

*Göldchen, Göldchen,*
*Hirtenböldchen.*

III

*Zwei Rinder rot*
*im Feld von Gold.*

Vögel sind der Rinder Augen;
alte Glocken – ihre Rhythmen.
Sie sind für die Nebelmorgen,
stoßen aber auch im Sommer
die Orange durch der Luft.
Sie sind alt seit der Geburt,
ohne Herrn, und sie erinnern
stets sich ihrer Flankenflügel.
Seufzend schreiten durch die Felder
Ruths die Rinder, und seit je,
suchen nach der ewgen Furt,
trunken von des Morgens Sternen,
ihre Klagen wiederkäuend.

*Zwei Rinder rot*
*im Feld von Gold.*

IV

*Ich wandle*
*auf dem Margeritenhimmel.*

Heute abend träumte mir,
ich sei heilig.
Und es ward mir in die Hand der
Mond gegeben.
Ich jedoch gab abermals dem
All ihn wieder,
und der Herr belohnte mich
da mit Strahlenkranz und Rose.

*Ich wandle*
*auf dem Margeritenhimmel.*

Nun durchschreit ich
diese Felder
und befreie von Galanen,
welche schlecht sind, alle Mägdlein,
und ich gebe allen Knaben
goldne Münzen.

*Ich wandle*
*auf dem Margeritenhimmel.*

# Gefangen

Durch die wankelmütgen Zweige
schlüpft' die Jungfrau,
schlüpft' das Leben.
Durch die wankelmütgen Zweige.
Und mit einem kleinen Spiegel
widerspiegelt sie den Tag,
ihrer reinen Stirne Abglanz.
Durch die wankelmütgen Zweige.
Und sie ging auf Finsternissen,
ganz verloren, weinte Tau –
die Gefangene der Zeit.
Durch die wankelmütgen Zweige.

# Lied

*Für José Moreno Villa*

Durch die Lorbeerzweige
gehn zwei dunkle Tauben.
Die eine war die Sonne,
die andre war der Mond.
Liebe Nachbarinnen, sagt' ich ihnen,
wo befindet sich mein Grab?
In meinem Schwanze, sagt' die Sonne.
In meinem Halse, sagt' der Mond.
Und ich, der da des Weges ging
mit der Erde bis zur Hüfte
sah zwei Marmoradler
und ein nacktes Mädchen.
Der eine war der andre,
und das Mädchen war gar niemand.
Liebe Adler, sagt' ich ihnen,
wo befindet sich mein Grab?
In meinem Schwanze sagt' die Sonne.
In meinem Halse sagt' der Mond.
In den Kirschbaumzweigen
sah ich zwei nackte Tauben,
die eine war die andre,
und beide waren keine.

# Lied von den sieben Jungfern

(Theorie des Regenbogens)

Es singen die sieben
Jungfern.

(Am Himmel ein Bogen
von Sonnenuntergangsexempeln.)

Seele mit sieben Stimmen,
die sieben Jungfern.

(In der blanken Luft
sieben lange Vögel.)

Es sterben die sieben
Jungfern.

(Warum waren es nicht neun?
Warum waren es nicht zwanzig?)

Der Fluß trägt sie hinweg,
keiner kann sie sehen.

# Das Lied will Licht sein

Das Lied will Licht sein.
Das Lied hat im Dunkel
schimmernde Fäden
aus Phosphor und Mond.
Nicht weiß das Licht, was es will.
In seinen eignen
opalenen Grenzen
findet es selbst sich
und kehrt wieder um.

# Fries

*Für Gustavo Durán*

*Erde*

Die Mägdelein der Brise
schweben mit wallenden Schleppen.

*Himmel*

Die Jünglinge des Windes
springen über den Mond.

## Jäger

Pinienwald oben!
Vier Tauben streichen durch die Luft.

Vier Tauben
fliegen und wenden.
Ihre vier Schatten
wurden verwundet.

Pinienwald unten!
Vier Tauben liegen auf der Erde.

# August

August.
Zusammenstellung
von Pfirsich und Zucker,
und die Sonne im Nachmittag
wie der Kern einer Frucht.

Unberührt hält
der Mais sein gelbes
und hartes Gelächter.

August.
Es essen die Kinder
Schwarzbrot und köstlichen Mond.

# Harlekin

Die Brust der Sonne ist rot,
die Brust des Mondes ist blau.

Torso – zur Hälfte Koralle,
zur Hälfte Silber und Dämmer.

## Notturnos des Fensters

*Dem Andenken des Dichters*
*José Ciria y Escalante*

I

Der Mond geht oben.
Der Wind rennt unten.

(Meine langen Blicke
bespähen den Himmel.)

Mond auf dem Wasser.
Mond unterm Winde.

(Meine kurzen Blicke
erkunden die Erde.)

Zwei Mädchenstimmen kamen.
Und mühelos kam ich
vom Monde im Wasser
zum Monde im Himmel.

II

Ein Arm der Nacht
wächst durch mein Fenster.

Ein dunkeler Arm
mit Reifen aus Wasser.

Auf azurnem Kristall
spielte am Fluß meine Seele.

Und es entschwanden
die von der Uhr
verletzten Sekunden.

III

Ich beuge mein Haupt
aus der Fassung des Fensters
und sehe die Klinge
des Windes, begierig
vom Rumpf es zu trennen.

All meiner Wünsche
auglose Köpfe
legte ich unter
die sausende Schneide,
Fallbeil, das niemand
je kann erblicken.

Duft von Zitronen
füllte den flüchtgen
unmeßbarn Moment,
während der Wind sich
in hauchfeine Schleier
geschwinde verwandelt.

IV

Dem Weiher starb heut eine Nymphe.
Beim Weiher liegt sie auf der Erde,
ins Leichenlaken eingehüllt.

Vom Kopf bis zu den Schenkeln kreuzt
ein Fisch sie, der sie ruft und ruft.

Und »Kindchen« weint der Wind ihr zu –
doch weckt sie niemand wieder auf.

Dem Weiher löste sich sein Algenhaar,
und in die Luft hebt er die grauen Brüste,
die von der Frösche Drängen zittern.

Gott sei dir gnädig. Und wir beten
zu Unsrer Lieben Frau vom Wasser
für unsre Nymphe, unter Äpfeln tot.

Ich werde nachher ihr zur Seite
zwei kleine Kalebassen stellen,
damit sie in dem salzgen Meer,
ach!, auf den Wellen schwimmen kann.

# Landschaft

*Für Rita, Concha, Pepe und Carmencica*

Der Nachmittag, aus Versehen,
zog sich mit Kälte an.

Hinter den Fensterscheiben,
den trüben, sehn alle Kinder
wie in Vögel sich verwandelt
ein gelber Baum.

Der Nachmittag liegt ausgestreckt
längsseits der Ufer des Flusses.
Und eine Apfelröte
zittert auf den kleinen Dächern.

## Reiterlied

(1860)

Im düsteren Mond
der nächtlichen Räuber
singen die Sporen . . .

Schwarzes Pferdchen. Wohin
trägst deinen Reiter du tot?

. . . Die Sporen, die harten,
des starren Banditen,
der die Zügel verlor.

Kaltes Pferdchen. Es riecht
nach der Blüte des Dolches!

Im düsteren Mond
blutet die Lende
der Sierra Morena.

Schwarzes Pferdchen. Wohin
trägst deinen Reiter du tot?

Es spornt sich die Nacht
die dunkelen Weichen
mit silbernen Sternen.

Kaltes Pferdchen. Es riecht
nach der Blüte des Dolches!

Im düsteren Mond
ein Schrei! und am Himmel
des Scheiterhaufs Horn.

Schwarzes Pferdchen. Wohin
trägst deinen Reiter du tot?

# Mein Mädchen ging an das Meer

Mein Mädchen ging an das Meer,
wollte Wellen zählen und Kiesel,
aber nicht lange – da stand es
am sevillanischen Flusse.

Zwischen Lorbeerrosen und Glocken
wiegten sich sacht fünf Schiffe,
mit den Rudern in dem Wasser
und den Segeln in der Brise.

Wer schaut aus dem angeschirrten
uralten Turm von Sevilla?
Fünf Stimmen, wie Ringe so rund,
gaben der Frage die Antwort.

Großartig reitet der Himmel
am Flusse von Ufer zu Ufer.
Fünf Ringe schaukelten sich
in der rosenfarbenen Luft.

# Reiterlied

Córdoba.
Einsam und fern.

Schwarzes Pferdchen, großer Mond,
Oliven im Sacke am Sattel.
Kenn' ich auch alle Wege –
nie komm ich in Córdoba an.

Durch die Ebne, durch den Wind,
schwarzes Pferdchen, roter Mond.
Es läßt mich nicht aus den Augen
Der Tod von Córdobas Türmen.

Ach, welch ein endloser Weg!
Ach, du mein wackeres Pferdchen!
Ach, mich erwartet der Tod,
eh ich nach Córdoba komme!

Córdoba.
Einsam und fern.

# Drei Portraits mit Schatten

## I. *Verlaine*

Ich singe nimmer das Lied,
das auf den Lippen mir einschlief.
Das Lied,
das ich nimmermehr sing'.

Ein Glühkäfer schimmerte
über dem Geißblatt,
ins Wasser stach
ein Strahl des Mondes.

Damals träumt' ich das Lied,
das Lied, das ich nimmermehr sing'.

Das Lied, mit Lippen gefüllt,
gefüllt mit Rinnseln, die ferne.

Das Lied, mit verlorenen Stunden
– im Schatten verloren – gefüllt.

Lied lebendigen Sterns
über unvergänglichem Tag.

BACCHUS

Unberührt rauscht es und grün.
Nach mir reckt die Arme der Feigbaum.

Meinen lyrischen Schatten belauert,
einer Pantherin gleich, sein Schatten.

Der Mond zählt die Hunde. Er irrt
und beginnt, aufs neue zu zählen.

Du umstreichst meinen Lorbeerkreis gestern,
morgen und schwarz und grün.

Wer würde dich lieben wie ich,
wenn du mir tauschtest das Herz?

. . . Der Feigenbaum faucht und rückt vor,
rückt vielfach und schrecklich heran.

II. *Juan Ramón Jiménez*

Im gleißenden Weiß ohne Grenze
– Salzberg, Narde und Schnee –
entglitt seine Phantasie.

Es schreitet das Weiß auf stummem
Teppich aus Taubengefieder.

Auglos, ohne Gebärde
erleidet es starr einen Traum.
Aber es zittert im Innern.

Welch reine und große Wunde
hinterließ im Weiß ohne Grenze
seine entglittene Phantasie!

Im glänzenden Weiß ohne Grenzen.
Salzberg, Narde und Schnee.

VENUS

*So sah ich dich*

Das junge gestorbene Mädchen
in der Muschel des Betts
stieg ohne Blüte und Brise
auf in das ewige Licht.

Aus dem Fenster lehnt' sich die Welt
– Lilie aus Watte und Schatten –
und sieht den unendlichen Hingang.

Das junge gestorbene Mädchen
durchfurchte die Liebe von innen.
In der weißen Leintücher Schaum
verlor sich zerfließend ihr Haar.

## III. *Debussy*

Mein Schatten geht schweigend und still
auf dem Wasser der Rieselbachrinne.

Die Frösche werden der Sterne
durch meinen Schatten beraubt.

Der Schatten schickt meinem Leibe
Reflexe ruhiger Dinge.

Wie eine riesige violette
Stechmücke geht mein Schatten.

Hundert Grillen wollen mit Gold
das Licht des Schilfs überziehen.

Ein Licht leuchtet auf in der Brust,
die sich spiegelt, vom rieselnden Bach.

NARZISS

Kind – du stürzest ja gleich in den Fluß!
  In der Tiefe da ist eine Rose,
  in der Rose ein anderer Fluß.

Schau, dieser Vogel! Sieh doch,
den gelben Vogel da, sieh!
  Meine Augen schon fielen ins Wasser.

Gott! Er gleitet ja aus! O Knabe!
  . . . in der Rose bin ich jetzt selbst.

Als er im Wasser verschwand,
begriff ich. Doch ich erklär' nicht.

# Orange und Zitrone

Orange und Zitrone.

Ach Mädchen
der schlimmen Liebe!

Zitrone und Orange.

Ach Mädchen,
weißes Mädchen!

Zitrone.

(Wie die Sonne
strahlte.)

Orange.

Über die Kiesel
des Wassers.

# Die Straße der Stummen

Mit ihrem Lachen spielen die Mädchen
hinter unerschütterten Scheiben.

(Auf den müßigen, leeren Klavieren
spielen Seiltanz die Spinnen.)

Von ihren Liebsten sprechen die Mädchen
und schlenkern die schweren Flechten.

(Welt des Fächers, des Tüchleins, der Hand.)

Die Galane schwingen die schwarzen
Capas als Antwort und wandeln
Wolle in Blumen und Flügel.

# Der Mond kommt

Wenn der Mond heraufkommt,
vergehen die Glocken,
es erscheinen die Pfade,
die keiner durchdringt.

Wenn der Mond heraufkommt,
wallt Meer über Erde,
und es fühlt sich das Herz
im Unendlichen Eiland.

In des Vollmondes Schein
ißt niemand Orangen.
Man muß grüne, erstarrte
Früchte sich brechen.

Wenn der Mond von hundert
gleichen Gesichtern
zu sich zurückkehrt,
dann schluchzt in der Tasche
die silberne Münze.

## Zweiter Jahrestag

Der Mond stößt in das Meer
ein langes Horn aus Licht.

Graues und grünes Einhorn,
das erzittert, doch verzückt.
Der Himmel schwimmt auf der Luft
wie eine ungeheure Lotusblume.

(Oh, daß du einsam wandelst
im letzten Aufenthalt der Nacht!)

# Lucía Martínez

Lucía Martínez.
Schattenspenderin aus roter Seide.

Es gehen wie der Nachmittag
vom Licht zum Schatten deine Schenkel.
Die tiefverborgenen Gagate
verdunkeln dir deine Magnolien.

Hier bin ich, Lucía Martínez.
Ich komme, deinen Mund zum äußersten zu treiben
und an den Haaren dich zu schleifen
in eine Morgendämmerung von Muscheln.

Weil ich es will und weil ich's kann,
Schattenspenderin aus roter Seide.

# Die Jungfer in der Messe

Unter dem Moses im Weihrauch
eingeschlafen.

Stieraugen starrten dich an.
Dein Rosenkranz regnete.

Mit diesem Kleid aus dicker Seide
beweg' dich nicht, Virginia.

Biete die schwarzen Melonen deiner Brüste
dar dem Geräusch der Messe.

## Serenade

*Lope de Vega zu Ehren*

An Ufersäumen des Flusses
netzt sich, netzt sich die Nacht.
An Lolitas Brüsten, Lolitas,
sterben vor Liebe die Zweige.

Sterben vor Liebe die Zweige!

Die Nacht singt nackt, sie singt nackend
über den Brücken des März.
Lolita wäscht ihren Leib
mit salzigem Wasser und Narden.

Sterben vor Liebe die Zweige!

Die Silbernacht, die Anisnacht
glänzt über Dächer dahin.
Silber der Bäche und Spiegel.
Anis deiner schneeweißen Schenkel.

Sterben vor Liebe die Zweige!

## In Málaga

Prachtvolle Leonarda.
Priesterlich ist dein Fleisch,
lilienweiß dein Gewand
auf den Dachbalustraden der Villa,
der deinen Namen du gabst.
Ausgesetzt bist du den Schiffen,
den Straßen verbindenden Bahnen.
Die schwarzen Torsen der Schwimmer
verdunkeln am Strande den Sand.
Der Rhetorik des Marmors verfällt
– Muschel zugleich und Lotus –
schwingend dein Arsch einer Ceres.

## Das stumme Kind

Das Kind sucht seine Stimme.
(Der König der Grillen
hatte die Stimme.)
Das Kind sucht seine Stimme
in einem Wassertropfen.

Ich will sie nicht zum sprechen;
ich will einen Ring aus ihr machen,
der seinem kleinen Finger
ansteckt mein Schweigen.

Das Kind sucht seine Stimme
in einem Wassertropfen.
(Die gefangene Stimme zieht,
in der Ferne, ein Grillenkleid an.)

# Abschied

Wenn ich sterbe,
laßt den Balkon geöffnet.

Das Kind ißt Orangen.
(Von meinem Balkon seh ich's.)

Der Schnitter mäht Korn.
(Von meinem Balkon fühl ich's.)

Wenn ich sterbe,
laßt den Balkon geöffnet!

# Selbstmord

(Vielleicht weil du von Geometrie nichts wußtest)

Der junge Mann hatte sich selbst vergessen.
Es war um zehn Uhr vormittags.

Sein Herz füllte sich allmählich
mit zerbrochnen Flügeln und Blumen aus Stoff.

Er bemerkte, daß ihm in seinem Munde
nicht mehr als nur ein Wort blieb.

Und als er seine Handschuh' auszog,
fiel feiner Staub von seinen Händen.

Man sah, von dem Balkon aus, einen Turm.
Er fühlte sich Balkon und Turm.

Er sah, ganz ohne Zweifel, wie die Uhr,
in ihr Gehäuse eingesperrt, ihn ansah.

Er sah auch seinen Schatten ausgestreckt
und ruhig auf dem weißen Seidendiwan.

Und geometrisch, streng, zerschlug der Jüngling
mit einer Axt den Spiegel.

Indem er ihn zerschlug, da überschwemmte
ein großer Strahl von Schatten den chimärischen
Alkoven.

# Anders

Das Flackerfeuer stößt Geweihe
wütender Hirsche übers Abendland.
Das ganze Tal ruht aus, und Lüftchen
tummeln sich froh auf seinen Buckeln.

Unter dem Dunst kristallisiert die Luft sich
so gelb wie Katzenaug und traurig.
Ich wandele in meinem Aug durch Zweige,
und Zweige wandeln durch den Fluß.

Nun kommen meine wesentlichen Dinge.
Sind Wiederholungen von Wiederholungen.
Wie seltsam, daß ich noch zwischen Binsen
und Dämmerdunkel Federico heiße!

# Zwei Matrosen am Ufer

*Für Joaquín Amigo*

I

Einen Fisch bracht er im Herzen
aus dem Meer von China mit.

Manchmal sieht er selbst sich segeln,
klein, durch seine eignen Augen.

Und vergißt – er ist ein Seemann –
die Orangen und die Bars.

Sieht ins Wasser.

II

Seine Zunge war wie Seife.
Wusch sein Wort, dann war er still.

Platt die Welt, das Meer gekräuselt,
hundert Sterne und sein Schiff.

Und er sah des Papsts Balkone,
der Kubanrin goldne Brüste.

Sieht ins Wasser.

# Lied des verdorrten Orangenbaums

*Für Carmen Morales*

Holzhauer, hacke
den Schatten mir ab.
Nimm von mir die Marter,
mich fruchtlos zu sehn.

Warum zwischen Spiegeln
ward ich geboren?
Mich meidet der Tag,
es äfft mich die Nacht
in jedem der Sterne.

Leben will ich. Doch
ich will mich nicht sehn.
Und träumen will ich,
daß Ameisen Blätter
und wehende Zasern
Vögel mir sind.

Holzhacker, hacke
den Schatten mir ab.
Nimm von mir die Strafe,
ohne Frucht mich zu sehn.

# Lied vom scheidenden Tage

Welche Mühsal macht's mir, o Tag,
dich gehen zu lassen.
Du gehst voll von mir fort,
kommst wieder und kennst mich nicht.
Welchen Kummer macht's mir,
an der Brust dir zu lassen
mögliche Wirklichkeiten
unmöglicher Minuten!

Am Abend durchfeilt dir
ein Perseus die Ketten,
und du fliehst über Berge
und verletzt dir die Füße.
Dich kann nicht verführen
mein Fleisch, meine Klage,
nicht die Flüsse, drin mittags
deinen goldenen Schlummer du schläfst.

Von Osten nach Westen
trag ich dein rundes Licht.
Dein großes Licht, das die Seele
in heftiger Spannung mir hält.
Von Osten nach Westen,
welche Mühsal macht's mir
dich mit deinen Vögeln zu bringen
und deinen Armen aus Wind!

# Somnambule Romanze

*Für Gloria Giner*
*und Fernando de los Ríos*

Grün wie ich dich liebe, grün.
Grüner Wind. Und grüne Zweige.
Barke auf des Meeres Wasser
und das Pferd in hohen Bergen.
Auf der Balustrade träumt sie,
Schatten gürtet ihre Lende,
grüne Haut und grünes Haar,
Augen ganz aus kaltem Silber.
Grün wie ich dich liebe, grün.
Unter dem Zigeunermonde
sehen sie die Dinge an,
welche sie nicht ansehn kann.

Grün wie ich dich liebe, grün,
Große Sterne, die aus Reif,
kommen mit dem Schattenfische,
der dem Morgendämmer Bahn bricht.
Seine Brise reibt der Feigbaum
an der Haihaut seiner Zweige;
seine spitzigen Agaven
sträubt der Berg, der dieb'sche Kater.
Doch wer kommt wohl? Und von wannen . . .?
Auf der Balustrade bleibt sie,
grüne Haut und grünes Haar,
träumend in dem bittren Meer.
– Tauschen möchte ich, Gevatter,

meine Stute für Ihr Haus
und mein Zaumzeug für den Spiegel,
für mein Messer Ihre Decke.
Blutend komme ich, Gevatter,
von den Bergespässen Cabras.
– Wenn ich das, mein Junge, könnte
schlöss' mit dir ich diesen Handel.
Aber ich bin nicht mehr ich,
und mein Haus ist nicht mein Haus mehr.
– Will, Gevatter, schicklich sterben,
wenn es geht, in meinem Stahlbett
mit den holländischen Laken.
Siehst du meine Wunde nicht
von der Brust bis her zur Kehle?
– Dreimalhundert dunkle Rosen
schmücken dir dein weißes Vorhemd.
Ringsherum um deine Schärpe
sickert dir und riecht dein Blut.
Aber ich bin nicht mehr ich,
und mein Haus ist nicht mein Haus mehr.
– Laßt mich wenigstens doch steigen
zu den hohen Balustraden;
laßt hinauf mich!, laßt mich steigen
zu den grünen Balustraden.
Zu des Monds Geländersäulchen,
wo des Wassers Tropfen nachhallt.

Und die zwei Gevattern steigen
zu den hohen Balustraden.
Lassen eine blutge Spur.
Lassen eine Tränenfährte.
Kleine Blechlaternchen bebten

auf den Dächern. Und des Morgens
Dämmrung ward durchtönt von tausend
Tamburinen aus Kristall.

Grün wie ich dich liebe, grün,
grüner Wind und grüne Zweige.
Die Gevattern stiegen beide.
Einen sonderbarn Geschmack
von Basilienkraut, von Galle
und von Minze ließ der lange
wehnde Wind in ihrem Mund.
– Sag, Gevatter, doch, wo ist,
wo ist deine bittre Tochter?
– Wievielmal sie deiner harrte!
Harrte deiner, ach, wie oft!,
frisches Antlitz, schwarzes Haar,
hier auf grüner Balustrade!

Auf dem Antlitz der Zisterne
wiegte die Zigeunrin sich.
Grüne Haut und grünes Haar,
Augen ganz aus kaltem Silber.
Und ein Mondeseiszapf hält sie
überm Wasser. Traulich wurde,
wie ein kleiner Platz, die Nacht.
Trunkene Zivilgardisten
schlugen polternd an die Tür.
Grün wie ich dich liebe, grün.
Grüner Wind. Und grüne Zweige.
Barke auf des Meeres Wasser.
Und das Pferd in hohen Bergen.

# Romanze von der schwarzen Pein

*Für José Navarro Pardo*

Nach der Morgenröte suchend,
grübeln spitz der Hähne Hacken,
während Soledad Montoya
niedersteigt vom dunklen Berge.
Gelbes Kupfer ist ihr Fleisch,
riecht nach Pferd und riecht nach Schatten.
Ihrer Brüste Amboßhörner,
die vom Ruß des Rauchs gebeizt,
seufzen runde, dunkle Lieder.
– Soledad, nach wem nur suchst du,
ganz allein, um diese Stunde?
– Mag ich suchen, wen ich suche,
sag mir doch, was kümmerts *dich*?
Möchte suchen, was ich suche,
meine Freude und mich selbst.
– Soledad du meiner Sorgen,
wenn das scheu gewordne Pferd
stürzt am Ende hin zum Meer,
dann verschlingen es die Wellen.
– Mußt mich nicht ans Meer erinnern,
denn das schwarze Herzeleid
sprießt aus der Olivenerde
unter dem Geraun der Blätter.
– Soledad, welch eine Pein!
Welch erbarmungswürd'ge Pein!
Weinst, ja weinst Zitronensaft,

von Geschmack, vor Harren sauer!
– Welche große Pein! Ich renne
wie im Wahnsinn durch mein Haus,
beide Zöpfe übern Boden,
von der Küche zum Alkoven.
Welche Pein! Ganz zu Gagat
werden Kleider mir und Fleisch.
Meine Hemden, ach!, aus Leinen!
Meine Schenkel, ach!, aus Mohn!
– Soledad, wasch deinen Leib
mit der Lerchen klarem Wasser,
und in Frieden laß dein Herz,
laß es, Soledad Montoya!

Unten singt im Tal der Fluß:
Kräuselsaum aus Laub und Himmel.
Und es kränzt das neue Licht
sich mit Kalebassenblüten.
Pein, o Leiden der Zigeuner!
Reine Pein und immer einsam.
Pein verborgnen, dunklen Rinnens
und schon lang vergangnen Morgens!

# Romanze von der spanischen Guardia Civil

*Für Juan Guerrero,*
*Generalkonsul der Dichtung*

Schwarze Pferde. Schwarze Eisen.
Auf den Capas glänzen Flecken,
die von Tinte sind und Wachs.
Ihre Schädel sind aus Blei.
Darum weinen sie auch nie.
Ihre Seelen sind aus Lack –
damit kommen auf der Straße
über Land sie hergeritten.
Bucklig sind sie, nächtge Mahre,
ordnen, wo sie auch erscheinen,
Schweigen an aus dunklem Gummi,
Ängste ganz aus feinem Sand.
Ziehn vorüber, wenn sie wollen,
und verbergen tief im Kopf
eine vage Sternenkunde
unersichtlicher Pistolen.

Stadt, o Stadt du der Zigeuner!
Fahnen an den Straßenecken.
Mond und Kürbis mit den Kirschen,
eingemacht in Honigseim.
Stadt, o Stadt du der Zigeuner!
Wer wohl deiner nicht gedächte,
der dich jemals hat gesehn?
Schmerzgetränkte, moschusvolle
Stadt mit deinen zimtnen Türmen.

Pfeile schmiedeten und Sonnen
die Zigeuner in den Schmieden,
als die Nacht sich niedersenkte,
diese Nacht, die Nacht der Nächte.
Und ein Pferd, zu Tod verwundet,
klopfte laut an alle Türen.
Ob Jerez de la Frontera
krähten Hähne, die aus Glas.
Um der Überraschung Ecke
huscht der nackte Wind herum
in der Nacht, der Silbernacht,
in der Nacht, der Nacht der Nächte.

Heilge Jungfrau und Sankt Josef
haben ihre Kastagnetten
in des Zugs Gedräng verloren
und sie gehn zu den Zigeunern
um zu sehn, ob sie sich finden.
Einer Bürgermeistrin Festkleid
– Schokoladeglanzpapier –
trägt die Jungfrau; und am Hals
hangen Kettchen ihr aus Mandeln.
San José bewegt die Arme
unter einer seidnen Capa.
Mit drei Perserfürsten geht
hinterher Pedro Domecq.
Und von einer Storchekstase
träumte es dem halben Mond.
Flatternde Standarten, Lämpchen
überfluten die Altane.
In den hohen Spiegeln schluchzen
Tänzerinnen ohne Hüften.

Wasser, Schatten, Schatten, Wasser
durch Jerez de la Frontera.

Stadt, o Stadt du der Zigeuner!
Fahnen an den Straßenecken.
Lösche deine grünen Lichter,
denn die Hochverdiente* kommt.
Stadt, o Stadt du der Zigeuner!
Wer wohl deiner nicht gedächte,
der dich jemals hat gesehn?
Laßt weit fort sie nur vom Meer,
kämmt nicht ihr gescheitelt Haar.

Nacheinander und zu zweit
rücken sie zur Feststadt vor.
Ein Geraun von Immortellen
dringt in die Patronentaschen.
Und sie rücken vor zu zweit.
Zweifaches Gespinstnotturno.
Himmel ist für sie nur eine
Schauvitrine voller Sporen.

Doch die Stadt war ohne Furcht
und vervielfacht' ihre Tore.
Vierzig Guardias Civiles
dringen durch sie ein und plündern.
Stehen blieben da die Uhren,
und, um nicht Verdacht zu wecken,
hat der Cognac in den Flaschen
rasch maskiert sich als November.

* Beiname der Guardia Civil

Langgezogne Schreie flogen
auf von allen Wetterfahnen,
Hufe stampfen Brisen nieder,
die von Säbeln sind durchschnitten.
Durch der Straßen halbes Dunkel
fliehen die Zigeunerinnen,
die ganz alten, mit den Pferden
– müd und schläfrig – und mit ihren
Einmachtöpfen voller Münzen.
Durch die steilen, engen Straßen
flattern auf die Unheilscapas;
hinter ihrem Rücken lassen
flüchtge Wirbel sie von Scheren.

Unterm Tor von Bethlehem
sammeln nun sich die Zigeuner.
San José, bedeckt mit Wunden,
hüllt ein totes Mägdlein ein.
Störrische Gewehre gellen
grell die ganze Nacht hindurch.
Und mit feinem Sternenspeichel
heilt die Heilge Jungfrau Kinder.
Aber die Gardisten rücken
vor und säen Scheiterhaufen,
drauf die Imagination,
jung und nackend, bald verbrannt wird.
Rosa, die von den Camborios,
hockt in ihrer Tür und ächzt –
beide Brüste, abgeschnitten,
hingelegt auf eine Schale.
Andre Mädchen wieder rannten
– und verfolgt von ihren Zöpfen –

hin in eine Luft, wo Rosen
auf aus schwarzem Pulver bersten.
Als dann aller Häuser Dächer
Furchen in der Erde waren,
wiegt' das Morgengraun in langem
steinernem Profil die Schultern.

Stadt, o Stadt du der Zigeuner!
Die Zivilgardisten reiten
fort durch einen Schweigetunnel,
während Flammen dich umzüngeln.
Stadt, o Stadt du der Zigeuner!
Wer wohl deiner nicht gedächte,
der dich jemals hat gesehn?
Suchet sie auf meiner Stirn.
Spiel des Mondes und des Sands.

# Ode auf den König von Harlem

Mit einem Löffel
riß er die Augen aus den Krokodilen
und schlug der Affen Arsch.
Mit einem Löffel.

Feuer von je schlief in den Kieseln,
und es vergaßen ganz das Moos der Dörfer
im Rausche des Anis die Käfer.

Und jener Alte da, bedeckt mit Pilzen,
ging, wo die Neger weinten, hin,
wobei des Königs Löffel krachte
und die Zisternenwagen mit verdorbnem Wasser
kamen.

Die Rosen flohen an den Rändern
der letzten Biegungen der Luft,
und schamrot von beflecktem Wüten
zerstampften Kinder kleine Eichhörnchen in Krokus-
haufen.

Man muß die Brücken überschreiten
und zu dem schwarzen Schamgefühl gelangen,
damit der Lungenduft
an unsre Schläfen klopft mit seinem Kleid
aus warmer Ananas.

Man muß den blonden Schnapsverkäufer töten,
die Freunde all des Apfels und des Sands,
und nötig ist es, mit geballen Fäusten
die kleinen Jüdinnen zu stoßen, die, bedeckt mit Blasen, zittern,
auf daß mit seinen Menschenmassen Harlems König singe,
auf daß in langen Reihn die Krokodile schlafen
unter dem Asbest des Monds,
und daß nur niemand zweifle an der grenzenlosen Schönheit
des Kupfers, Teigrads, Wedels und der Kasserollen in den Küchen.
Ay Harlem! Ay Harlem! Ay Harlem!
Es gibt nicht irgendeine Angst, die deinen hart bedrückten Augen gliche,
und deinem tief erschrocknen Blut, verhohlen in Verdunklung,
deiner granatenen Gewalt, taubstumm im Dämmer,
und deinem in Portierslivree gefangnen großen König!

Die Nacht hatt' einen Spalt
und ruhige Salamander, elfenbeinern.
Es trugen die amerikanschen Mädchen
Kinder im Bauch und Münzen,
und an dem Kreuz der ausgereckten Faulheit
fielen in Ohnmacht junge Burschen.

Die sinds.
Die sinds, die Silber*whisky* trinken
neben den Vulkanen

und in den eisgen Bärenbergen
Stückchen von Herz verschlucken.

In jener Nacht, mit schrecklich hartem Löffel,
riß Harlems König aus
den Krokodilen ihre Augen
und schlug der Affen Arsch.
Mit einem Löffel.
Die Neger weinten, wirr,
inmitten Regenschirmen, goldner Sonnen,
und die Mulatten zogen Gummi lang, mit Sehnsucht,
daß zum weißen Torso sie wohl kämen,
der Wind ertrübte Spiegel
und zerbrach der Tänzer Venen.

Neger, Neger, Neger, Neger.

Und keine Türen hat das Blut in eurer auf dem Rücken
ausgestreckten Nacht.
Es gibt kein Schamrot. Wütend Blut, da unter euren
Häuten,
lebendig auf des Dolches Grat und in der Landschaft
Brüsten,
zwischen den Scheren und den Ginsterbüschen himmlischen Krebsmonds.

Blut, das auf tausend Wegen Asche sucht von Narden
und Tode, eingepudert,
und starre, jäh geneigte Himmel, wo die Planetenkolonien
an Stranden rollen mit den Dingen, die verlassen.

Blut, das sehr langsam aus dem Augenwinkel sieht,
Blutsaft von ausgedrücktem Sparto, unterirdischen
Nektaren.
Blut, das verrosten macht den achtlosen Passat in einer
Spur
und das die Falter auflöst an den Fensterscheiben.

Das Blut ists, das da kommt, das kommen wird
dann über Dächer, Söller, überall,
der blonden Frauen Chlorophyll zu brennen,
zu seufzen an der Betten Fuß vor den Lavabos, die nicht
schlafen können,
und um an einem Morgenrot von Tabak und von mat-
tem Gelb dann zu zerspritzen.
Entfliehen muß man,
muß entfliehen um die Ecken und ein sich schließen in
den obersten Etagen,
denn durch die Spalten wird das Mark der Wälder
dringen,
um eine leichte Spur in eurem Fleisch zu lassen von
Verschwinden
und eine falsche Trauer von verblichnem Handschuh
und von Rose aus Chemie.

Und gerade während der so weisen Stille ists,
daß Kellner, Köche und all jene, die mit der Zunge
der Millionäre Wunden säubern,
den König suchen in den Straßen, auch in den Winkeln
des Salpeters.

Ein Südwind, der aus Holz, schräg auf dem schwarzen
Schlamm,

bespeit die Barken, die zerbrochen, und bohrt sich
Spitzen in die Schultern;
ein Südwind, welcher Eckgezähn
und Sonnenblumen, Alphabete mitbringt,
ein Voltaelement auch mit ertrunknen Wespen.
Und das Vergessen drückte sich durch nur drei Tropfen
Tinte aus auf dem Monokel,
die Liebe durch ein einzges unsichtbares Antlitz auf des
Steines Fläche.
Und Mark von Pflanzen, Blumenkronen komponierten
auf den Wolken eine Wüste
von Stielen ohne eine einzge Rose.

Zur Linken und zur Rechten, im Norden und im Süden
taucht auf die für den Maulwurf
teilnahmslose Mauer, des Wassers Nadel.
Nicht suchet, Neger, ihren Riß,
um aufzufinden ihre Maske ohne Ende.
Der Mitte große Sonne sucht,
zu Ananas, die summt, Geformte.
Die Sonne, die dahin auf Wäldern gleitet,
gewiß, nicht eine Nymphe anzutreffen,
die Sonne, Zahlzerstörerin, die nie noch einen Traum
gekreuzt,
die tatauierte Sonne, die zum Flusse niedersteigt
und brüllt, gefolgt da von Kaimanen.

Neger, Neger, Neger, Neger.

Nicht Schlange, Zebra, nicht die Maultierstute
sind je erbleicht beim Sterben.
Nicht weiß, der Holz hackt, wann die Bäume,

die schreienden, verhauchen, die er fällt.
Und wartet nur im Pflanzenschatten eures Königs,
bis Schierling, Disteln, Nesseln umstoßen auch die letzten Söller.

Dann, Neger, dann, ja dann
könnt rasend ihr des Fahrrads Räder küssen,
von Mikroskopen Paare in die Eichhornhöhlen stellen
und schließlich tanzen, ohne Zweifel, derweil die hochgesträubten Blumen
ermorden unsren Mose beinahe in des Himmels Binsen.

Ay Harlem du, vermummt!
Ay Harlem du, bedroht von einem Haufen Kleider ohne Kopf!
Zu mir dringt dein Geräusch,
zu mir dringt dein Geräusch, das Stämme quert und Lifts,
durch graue Platten,
drin seine Autos schwimmen, ganz bedeckt mit Zähnen,
durch tote Pferde, winzige Verbrechen,
durch einen großen König, der verzweifelt,
und dessen Bart reicht bis ans Meer.

# Kuh

*Für Luis Lacasa*

Die Kuh, todwund, hat sich gestreckt;
an ihren Hörnern klommen Bäche hoch und Bäume.
Zum Himmel blutete ihr Maul.

Ihr Maul wie Bienen
unterm trägen Bart des Geifers.
Ein weißes Heulen trieb den Morgen in die Höhe.

Die toten und lebendigen Kühe,
Licht, das rot wird, oder Stalles Honig,
brüllten mit halboffnen Augen.

Die Wurzeln solln es wissen
und der sein Messer schleift, der Knabe,
daß sie die Kuh schon essen können.

Da oben werden Lichter
und Halsschlagadern blasser.
Vier Hufe zittern in der Luft.

Der Mond auch soll es wissen
und diese Nacht der gelben Felsen,
daß die Kuh aus Staub schon ging.

Daß sie muhend schon gegangen
durch der starren Himmel Trümmer,
wo die Betrunknen Tod zur Vesper essen.

## Ode auf Walt Whitman

Am East River und in Bronx
sangen die Knaben und zeigten ihre Hüften mit dem
Rad,
dem Öl, dem Leder und dem Hammer.
Neunzig mal tausend Bergarbeiter rissen das Silber aus
dem Fels,
und Kinder zeichneten sich Treppen und Ausschau hin
auf weite Landschaften.

Niemand aber schlief ein,
niemand wollte der Fluß sein,
niemand liebte die großen Blätter,
niemand des Strandes blaue Zunge.

Am East River, in Queensborough
kämpften mit der Betriebsamkeit die jungen Burschen,
und es verkauften da dem Faun des Stroms die Juden
die Rose der Beschneidung,
und es ergoß, um Brücken und um Dächer,
der Himmel Bisonherden, die der Wind vorantreibt.

Niemand aber blieb stehen,
niemand wollte Wolke sein,
niemand suchte die Farne,
niemand das gelbe Rad des Tamburins.

Wenn dann der Mond aufgeht,
drehn sich die Scheibenräder, um den Himmel einzustürzen;

von Nadeln eine Grenze steckt das Gedächtnis ab,
und Särge führen die hinweg, die ohne Arbeit.

New York aus Schlamm,
New York aus Draht und Tod:
Welch einen Engel birgst du in der Wange?

Welch Stimme ohne Fehl sagt dir des Kornes Wahrheit?
Wer deiner schmutzigen Geschichten grausen Traum?

Nicht einen einzgen Augenblick, du alter, herrlicher Walt Whitman,
hab deinen Bart voll Schmetterlingen ich zu sehn je unterlassen,
noch deiner Schultern Seidensamt, darein der Mond sich kleidet,
noch deine Schenkel gleich Apollos, eines Unberührten, Schenkel,
noch deine Stimme, einer Säule gleich aus Asche;
Greis, wie der Nebel schön,
der du geseufzt hast wie ein Vogel,
dessen Geschlecht durchstoßen ward mit einer Nadel,
des Satyrs Feind,
des Weinstocks Feind,
und Leiber unter grobem Tuche liebend.
Nicht einen einzgen Augenblick, männliche Schönheit,

der in den Bergen du von Kohlen, Eisenbahnen und
Plakaten
ein Fluß zu sein geträumt und einem Flusse gleich zu
schlafen
mit jenem Kameraden, der in deine Brust
wohl senken würde einen kleinen Schmerz unkundgen
Leoparden.

Nicht einen einzgen Augenblick, du Adam von Geblüt,
du Männlicher,
Mann auf dem Meer allein, du alter, herrlicher Walt
Whitman,
da auf Altanen
und aneinander in den Bars gerückt,
auf aus dem Rinnstein, und in Büscheln, wuchernd,
und zitternd zwischen der Chauffeure Beinen
oder umher sich treibend auf den Schaugestellen des
Absinths
von dir, Walt Whitman, die verweibten Männer
träumten.
Auch der! Auch dieser! Und es stürzen
auf deinen Bart, der keusch ist und der leuchtet,
des Nordens Blonde und vom Sandland Schwarze sich,
von Schreien und Gebärden ganze Heere,
wie Katzen und wie Schlangen, die verweibten Männer,
Walt Whitman, die verweibten Männer,
von Tränen trüb, Fleisch für die Peitsche,
den Schuh, den Biß der Bändiger.

Auch der! Der auch! Befleckte Finger zielen
aufs Ufer deines Traums, wenn deinen Apfel ißt
– mit leichtem Gasolingeschmack – der Freund,

und wenn die Sonne um die Näbel singt
der Knaben, welche unter Brücken spielen.

Du aber hast gesucht nicht die zerschrundnen Augen,
und nicht den schrecklich dunkelen Morast, darein sie
ihre Kinder tauchen,
und den gefrorenen Speichel nicht,
nicht die wie Krötenbauch gekrümmten Wunden,
so die verweibten Männer herum in Wagen, auf Terras-
sen tragen,
derweil der Wind sie an des Schreckens Ecken peitscht.

Du suchtest eine Nacktheit, einem Flusse gleich,
Stier und auch Traum, das Rad zu einen mit der Alge,
Erzeuger deines Todeskampfs, deines Tods Kamelie,
und die da seufzen möge in den Flammen deines tief
verborgenen Äquators.

Denn es ist recht, daß seine Lust nicht suchen soll der
Mann
im Blutwald des sich nahnden Morgens.
Und Strande hat der Himmel, wo meiden man das
Leben kann,
und Leiber gibt es, die im Morgenrot nicht wiederkeh-
ren dürfen.

Todkampf, Todkampf, Traum, Gärung, Traum.
Das ist die Welt, Freund, Todkampf, Todkampf.
Unter der Städte Uhr zergehn die Toten,
vorüber, weinend, mit Millionen grauer Ratten zieht
der Krieg,
die Reichen geben den Geliebten ihrer Nächte

kleine dem Tod Verfallne, die von Gott erleuchtet,
und edel ist das Leben nicht, nicht gut, nicht heilig.

Der Mensch kann, wenn er will, wohl führen sein Begehr
durch Ader aus Koralle oder Nacktheit, welche himmlisch.
Es werden, die sich lieben, morgen Felsen sein,
und eine Brise wird, die schläfrig durch die Zweige säuselt, sein die Zeit.

Deshalb, alter Walt Whitman, erhebe meine Stimme
nicht wider einen Knaben ich, der in sein Kissen
den Namen eines Mädchens schreibt,
nicht wider einen Jüngling, der im Dunkel sich
der Kleiderkammer in ein Brautkleid hüllt,
nicht wider die Vereinsamten der Gesellschaftshäuser,
die nur mit Ekel des Lustverkaufes Wasser trinken,
nicht wider jene Männer mit dem geilen Blick,
die Männer lieben und in der Stille ihren Mund verbrennen.
Wohl aber wider euch, Weibmänner ihr der Städte,
mit aufgeschwollnem Fleisch und widrigem Gedanken,
Kotmütter ihr, Harpyien, Feinde ohne Traum
von Liebe, welche Freudenkränze austeilt.

Wohl aber immer wider euch, die ihr den Knaben
da Tropfen schmutzgen Todes gebt mit bittrem Gift.

Und immer wider euch,
*Fairies* von Nordamerika,
*Pájaros* von Habana,

*Jotos* von Méjico,
*Sarasas* von Cádiz,
*Apios* von Sevilla,
*Cancos* von Madrid,
*Floras* von Alicante,
*Adelaidas* von Portugal.

Weibmänner aller Länder, Taubenmörder!
Sklaven des Weibs, Hündinnen ihrer Boudoirs,
mit Fächerfieber ausgebreitet auf den Plätzen, oder
in Landschaften aus starrem Schierling auf der Lauer.
Euch keine Gnade!
Der Tod geht aus von euren Augen
und schart zusammen graue Blumen an des Schlammes Ufer.
Euch keine Gnade! Habet acht!
Es sollen die Verwirrten und die Reinen,
die Klassischen und die Berühmten und die Bittenden
des Bacchanales Türen euch verschließen.

Und du, du herrlicher Walt Whitman, schlaf an des Hudson Ufern,
polwärts den Bart, mit offnen Händen.
Ob weiche ton'ge Erde oder Schnee – nach Kameraden
ruft deine Zunge, daß sie dir bewachen deine des Leibes ledige Gazelle.
Schlafe, nichts bleibt.
Ein Tanz von Mauern rührt die Auen auf,
und es versinkt Amerika in Tränen und Maschinen.
Die kräftge Luft der tiefsten Nacht, so will ich,
soll Blumen, Lettern fegen von dem Bogen, wo du schläfst,

und künden soll ein schwarzes Kind den Weißen, die
des Goldes,
gekommen sei das Reich der Ähre.

## Der Mond konnt endlich stehenbleiben

Der Mond konnt endlich stehenbleiben auf der geschwungenen unendlich weißen Linie der Pferde.
Ein violetter Lichtstrahl, welcher aus der Wunde wich,
stellte am Himmel sichtbar dar die kleine Weile der Beschneidung eines toten Knaben.
Das Blut rann von dem Berg herab, die Engel suchten es,
die Kelche aber war'n aus Wind, und schließlich füllte es die Schuhe.
Fußlahme Hunde rauchten ihre Pfeifen, und ein Geruch nach warmem Leder
ließ grau die Lippen derer werden, die an den Straßenecken sich erbrachen.
Und lang gezogenes Geheul kam aus dem Süden her der dürren Nacht.
Das nämlich, weil der Mond mit seinen Kerzen der Pferde Phallus brannte.
Ein Schneider, Spezialist in Purpur,
hatte drei heilige Frauen eingesperrt
und zeigte ihnen vor den Fensterscheiben einen Totenschädel.
Die drei umringten in dem Vorort ein Kamel von weißer Farbe,
das weinte, weil das Morgengrauen
hindurchgehn mußte, unabwendbar, durch ein Nadelöhr.

O Kreuz! O Nagel! Und o Dorn!
O Dorn, hineingestoßen in den Knochen, bis die Planeten rosten!
Der Himmel konnte sich nackt ausziehn, denn niemand wandte seinen Kopf.
Dann hörte man die große Stimme, und die Pharisäer sagten:
Die ganz verfluchte Kuh da hat das Euter voller Milch.
Die Menge schloß die Türen zu,
und in den Straßen ging der Regen nieder, das Herz zu netzen willens,
derweil der Abend düster wurde vor Gepoch und Holzhackern,
und in den letzten Zügen lag die dunkle Stadt unter der Zimmerleute Hammer.

Die ganz verfluchte Kuh da
hat das Euter voller Bleischrot,
sagten nun die Pharisäer.
Doch ihre Füße wurden von dem Blute naß, und an des Tempels Mauern
schmetterten die Unflatgeister Kännchen voll abgestandener Flüssigkeiten.
Man wußte den genauen Augenblick der Rettung unsres Lebens.
Weil nämlich jetzt der Mond mit Wasser wusch
der Pferde Wunden, welche brannten,
und nicht das rege Mädchen, das man im Sand zum Schweigen brachte.
Dann machten sich die Fröste auf und sangen ihre Sänge,

und an des Flusses Doppelufer entzündeten die Frösche
ihre Lichter.

Die ganz verfluchte Kuh da, verflucht, verflucht, ver-
flucht,
wird uns nicht schlafen lassen, sagten nun die Pharisäer,
und gingen heim durch den Tumult der Straße,
wobei sie den Betrunkenen Stöße gaben und der Opfe-
rungen Salz ausspien,
derweil das Blut mit Lammesblöken ihnen folgte.

Das war zu jener Zeit,
dann ward die Erde wach, warf zitterige Ströme aus von
Motten.

18. Oktober 1929. New York

# Gasel von der unvermuteten Liebe

Niemand hatte je den Duft erfahren
von deines Bauches dunkeler Magnolie.
Niemand wußte, daß ein Liebeskolibri
du zwischen deinen Zähnen hast gemartert.

Tausend kleine Perserpferdchen schliefen
auf dem Mondesplatze deiner Stirne,
während ich vier Nächte deine Hüften,
Feindinnen des Schnees, umschlungen habe.

Dein Blick war zwischen Gipsen und Jasminen
ein blasser Strauß von dem, was ausgesät.
Ich sucht', sie dir zu geben, in der Brust mir
die Elfenbeinbuchstaben, welche *immer*,

*immer, immer* heißen: meines Todkampfs Garten,
dein Leib, der nur vergänglich ist, für immer,
in meinem Mund das Blut aus deinen Adern,
dein Mund schon ohne Licht für meinen Tod.

## Gasel vom toten Kind

An jedem Nachmittage in Granada,
an jedem Nachmittage stirbt ein Kind.
An jedem Nachmittag setzt sich das Wasser
zum Plaudern hin mit seinen Freunden.

Die Toten haben Flügel ganz aus Moos.
Der wolkige wie auch der wolkenlose Wind
sind zwei Fasane, die um die Türme fliegen,
ein Bursch mit Wunden ist der Tag.

Nicht eine Faser blieb von einer Lerche in der Luft,
als ich dich bei des Weines Grotten traf.
Nicht eine einzge Wolkenkrume blieb auf Erden,
als du im Flusse bist ertrunken.

Ein Waserriese stürzte auf die Berge,
es schwankte hin und her das Tal mit Hunden und mit
Lilien.
Dein Leib mit meiner Hände violettem Schatten
war, tot am Ufer, ein Erzengel von Kälte.

## Gasel von der Liebe mit hundert Jahren

Aufwärts durch die Gasse
gehn die vier Galane,

ay, ay, ay, ay.

Abwärts durch die Gasse
gehn die drei Galane,

ay, ay, ay.

Fest ziehn ein die Taille
diese zwei Galane,

ay, ay.

Wie ihr Aussehn ändern
ein Galan und – Luft!,

ay.

Durch die Myrtenbüsche
keiner mehr lustwandelt.

## Kasside von der Wehklage

Ich habe meinen Balkon geschlossen,
weil ich nicht hören will die Klage,
doch hinter dem grauen Gemäuer
hört man nichts andres als die Klage.

Nur wenig Engel gibt es, welche singen,
nur wenig Hunde gibt es, welche bellen,
die Fläche meiner Hand hat Platz für tausend Violinen.

Die Klage aber ist ein ungeheurer Hund,
die Klage ist ein ungeheurer Engel,
die Klage – eine ungeheure Violine,
die Tränen knebeln selbst den Wind,
und man hört nichts als nur die Klage.

# Kasside von den Zweigen

Durch die Baumalleen des Tamarit
sind die Hunde aus Blei gekommen
in Erwartung, daß die Zweige fallen,
in Erwartung, daß sie sich allein zerbrechen.

Im Tamarit gibts einen Apfelbaum,
der einen Apfel hat aus Schluchzen.
Eine Nachtigall dämpft nun die Seufzer,
und ein Fasan verscheucht sie durch den Staub.

Doch die Zweige, die sind fröhlich,
und die Zweige sind wie wir sind.
Denken an den Regen nicht, sind unversehens
eingeschlafen, wie wenn sie Bäume wären.

Sitzend, mit dem Wasser an den Knien,
warteten zwei Täler auf den Herbst.
Die Dämmerung mit Elefantenschritt
stieß die Zweige und die Stämme.

In den Baumalleen des Tamarit
gibts mit wachem Antlitz viele Kinder,
wartend drauf, daß meine Zweige fallen,
wartend, daß sie sich allein zerbrechen.

# Klage um Ignacio Sánchez Mejías

*Meiner lieben Freundin Encarnación López Júlvez*

## I. *Hornstoß und Tod*

Am Nachmittage um fünf Uhr.
Am Nachmittag war es um fünf Uhr genau:
Ein Knabe brachte das weiße Leintuch
*am Nachmittage um fünf Uhr.*
Ein Korb mit Kalk stand längst bereit
*am Nachmittage um fünf Uhr.*
Alles andre war Tod und nur Tod
*am Nachmittage um fünf Uhr.*

Der Wind trug die Watte hinweg
*am Nachmittage um fünf Uhr.*
Der Sauerstoff säte Kristall und Nickel
*am Nachmittage um fünf Uhr.*
Schon kämpfen Taube und Pardel
*am Nachmittage um fünf Uhr.*
Und ein Schenkel mit trostlosem Horn
*am Nachmittage um fünf Uhr.*
Die tiefsten der Saiten erbrummten
*am Nachmittage um fünf Uhr.*
Die Glocken des Dunsts, des Arsens
*am Nachmittage um fünf Uhr.*
An den Ecken Gruppen aus Schweigen
*am Nachmittage um fünf Uhr,*
Und der Stier nur erhobenen Herzens!,

*am Nachmittage um fünf Uhr.*
Als dann der Schneeschweiß hervorbrach
*am Nachmittage um fünf Uhr,*
als mit Jod sich bezog die Arena
*am Nachmittage um fünf Uhr,*
legte Eier der Tod in die Wunde
*am Nachmittage um fünf Uhr.*
*Am Nachmittage um fünf Uhr.*
*Am Nachmittage um fünf Uhr genau.*

Ein Sarg ist, mit Rädern, das Bett
*am Nachmittage um fünf Uhr.*
Knochen und Flöten tönen im Ohr ihm
*am Nachmittage um fünf Uhr.*
Ihm brüllte der Stier in der Stirn schon
*am Nachmittage um fünf Uhr.*
Das Zimmer erschillert' vor Todkampf
*am Nachmittage um fünf Uhr.*
Von weither kriecht schon der Wundbrand
*am Nachmittage um fünf Uhr.*
Lilienjagdhorn um grüne Weichen
*am Nachmittage um fünf Uhr.*
Die Wunden brannten wie Sonnen
*am Nachmittage um fünf Uhr,*
und die Leute zerbrachen die Fenster
*am Nachmittage um fünf Uhr.*
Am Nachmittage um fünf Uhr.
Ach welch gräßliche fünf Uhr nach Mittag!
Auf allen Uhren wars fünf Uhr.
In des Nachmittags Schatten wars fünf Uhr!

II. *Das vergossene Blut*

Nein, ich will es nicht sehn!

Sage dem Mond, er soll kommen,
denn ich will nicht, ich will nicht sehen
Ignacios Blut auf dem Sande.

Nein, ich will es nicht sehn!

Der Mond hat weit sich geöffnet.
Pferd stiller ruhvoller Wolken,
und die graue Arena des Traums
mit Trauerweiden an Schranken.

Nein, ich will es nicht sehen!
Denn mein Erinnern verbrennt.
Ruft die Jasmine herbei
mit ihrer winzigen Weiße!

Nein, ich will es nicht sehn!

Die Kuh dieser alten Welt
fuhr mit der traurigen Zunge
über ein Maul aus Blut und Blut,
aus Blut, vergossen im Sande,
und die Stiere Guisandos,
Tod fast und nahezu Stein,
brüllten wie zweihundert Jahre,
verdrossen, die Erde zu stampfen.
Nein.
Ich will es nicht sehn!

Die Sitzreihn hinan steigt Ignacio
mit all seinem Tod auf den Schultern.
Er suchte das Dämmern des Morgens,
aber kein Morgen erdämmert.
Er sucht sein bestimmtes Profil,
aber der Traum verwirrt ihn.
Er sucht' seinen herrlichen Leib,
aber fand sein vergossenes Blut.
Heißt mich nicht es mir ansehn!
Ich will seinen Strahl nicht erfühlen,
der mit immer weniger Kraft springt;
den Strahl, der die Sitzreihn verklärt
und nieder auf Samt fällt und Leder
dürstender Massen von Leuten.
Wer schreit mir wohl zu, ich soll hinsehn!
Heißt mich nicht es mir ansehn!

Nicht schlossen sich seine Augen,
als er die Hörner schon nah sah,
aber die schrecklichen Mütter
reckten die Köpfe empor.
Die Stiergehege durchzog
ein Wind von verborgenen Stimmen,
die himmlische Stiere riefen –
von Großknechten bleichen Genebels.
Kein Fürst war je in Sevilla,
den vergleichen man könnte mit ihm,
kein Degen je wie sein Degen,
kein Herz wie sein hochherzges Herz.
Wie ein Strom von Löwen, so war
seine Kraft, ein Wunder der Kraft,
und wie ein Torso aus Marmor

seine scharf gezeichnete Klugheit.
Luft andalusischen Roms
vergoldete ihm seinen Kopf,
wo sein Lachen war eine Narde
aus Scharfsinn und feinem Witz.
Im Kampfplatz – welch großer Torero!
Auf Bergen – welch guter Steiger!
Wie weich mit den Ähren!
Wie hart mit den Sporen!
Wie zart mit dem Tau!
Wie blendend am Festtag!
Wie furchtbar
mit den letzten Banderillas des Dunkels!

Aber schon schläft er endlos.
Schon öffnen mit sichren Fingern
des Schädels Blüte ihm Moose und Kraut.
Schon kommt sein Blut mit Gesang:
es singt über Salzseen und Auen,
vergleitet an eisstarren Hörnern
und schwankt ohne Seele durch Nebel
und stößt gegen vieltausend Klauen
wie eine lange, dunkle, traurige Zunge,
eine Lache aus Todkampf zu bilden
bei der Sterne Guadalquivir.
O weiße Mauer Spaniens!
O schwarzer Stier des Leides!
O starkes Blut Ignacios!
O Nachtigall seiner Venen!
Nein.
Ich will es nicht sehn!
Es gibt keinen Kelch, der es faßte,

keine Schwalbe gibts, die es tränke,
keinen Lichtreif, der es gefröre,
keinen Sang, keine Sintflut von Lilien,
es mit Silber zu decken, kein Wasser.
Nein.
Ich will es nicht sehn!!

### III. *Anwesender Leib*

Der Stein ist eine Stirn, darauf die Träume seufzen,
gewundnen Wassers bar und bar gefrorener Zypressen.
Der Stein ist eine Schulter, die Zeit hinwegzutragen
mit Tränenbäumen und mit Bändern und Planeten.
Gesehen hab ich graue Regen zu den Wellen hasten,
die ihre zarten und durchsiebten Arme hoben,
um nicht gejagt zu werden von dem Stein, der lauernd liegt,
und ihre Glieder löst, doch nie mit ihrem Blut sich tränkt.

Es nimmt der Stein wohl an Gesäm und auch Gewölke,
Gerippe wohl von Lerchen und Dämmerschattenwölfen,
doch gibt er keinen Klang, kein Feuer, kein Kristall –
Arenen gibt er nur, Arenen und Arenen, mauerlos.

Nun liegt Ignacio, der Wohlgeborne, auf dem Stein.
Nun ists zu Ende; was nur trägt sich zu? Betrachtet seinen Leib:
Der Tod hat ihn bedeckt mit blassen Schwefelblüten
und einen dunklen Minotauruskopf ihm aufgesetzt.

Nun ists zu Ende. Der Regen dringt durch seinen
Mund.
Und wie im Wahnwitz läßt die Luft die Brust ihm
eingesunken;
der Gott der Liebe, ganz durchtränkt mit Tränen, die
aus Schnee,
wärmt auf der Höhe sich der Stiergehege.

Was sagt man? Eine Stille ruhet mit Gestank sich aus.
Wir stehn in eines Leibes Gegenwart, der sich verflüch-
tigt,
bei einem rein Geformten, darin Nachtigallen waren,
und sehn, wie es mit Löchern ohne Grund sich füllt.

Wer fältelt hier das Schweißtuch? Lüge, was es sagt!
Denn hier singt niemand, niemand weint im Winkel,
klirrt mit den Sporen, schreckt die Schlange auf:
Nichts andres will ich hier als aufgerißne Augen,
um diesen Leib zu sehn im Unvermögen seiner Ruhe.

Hier will ich sehn die Männer mit der harten Stimme,
die Rosse bändigen und über Ströme herrschen,
die Männer, denen das Gerippe tönt, die singen
mit einem Mund voll Kieselsteinen und voll Sonne.

Die will ich sehen. Hier. Und vor dem Stein.
Vor diesem Leibe mit zerrißnen Zügeln.
Die sollen, will ich, zeigen mir den Weg hinaus
für diesen Kapitän, den Tod gebunden.

Die sollen, will ich, lehren eine Klage mich
wie einen Fluß mit sanften Nebeln, tiefen Ufern,

Ignacios Leib hinabzuflößen, unauffindbar,
wo er der Stiere zwiefach Schnauben nicht mehr hört.

Er soll verlieren sich in der Arena Rund des Monds,
der, wenn er klein noch, wie ein leidend unbeweglich
Rind sich stellt;
verlieren soll er in der Fische liederlosen Nacht sich,
im weißen Dickicht sich verlieren des gefrornen
Nebels.

Ich will nicht, daß in Tüchern man sein Antlitz birgt,
damit er sich gewöhne an den Tod, den er erträgt.
Geh, geh Ignacio: hör nicht das heiße Stiergebrüll.
Schlaf, flieg und ruhe: Einmal stirbt hin auch das
Meer!

## IV. *Abwesende Seele*

Nicht kennen dich Stier und nicht Feigbaum,
nicht Rosse, nicht Emsen deines Hauses.
Nicht der Nachmittag kennt dich, das Kind nicht,
denn gestorben bist du für immer.

Nicht kennt dich der Rücken des Steines,
nicht der schwarze Atlas, darin zu zerfällst.
Nicht kennt dich dein stummes Erinnern,
denn gestorben bist du für immer.

Der Herbst wird kommen mit Muscheln,
mit Nebeltraube, sich scharenden Bergen,
doch niemand will sehn deine Augen,
denn gestorben bist du für immer.

Denn gestorben bist du für immer,
wie alle Toten der Erde,
wie alle Toten – vergessen
in einem Haufen verendeter Hunde.

Dich kennt niemand. Nein. Doch ich sing dich.
Ich sing dein Profil, deine Anmut, für später.
Die bedeutende Reife deiner Erkenntnis.
Dein Sehnen nach Tod, dem Geschmack seines Mundes.
Die Melancholie deiner tapferen Freude.

Lang wird es währen bis zur Geburt, wird je er geboren,
eines Andalusiers, so lauter, an Wagnis so reich.
Seine Feinheit sing ich mit Worten, die seufzen,
und gedenk einer traurigen Brise in den Oliven.

# Porticus

Das Wasser
schlägt seine Trommel
aus Silber.

Die Bäume
weben den Wind,
und die Rosen färben
ihn mit Duft.

Eine Spinne,
unermeßlich,
macht dem Monde
einen Stern.

# Bienenkorb

Wir leben in Zellen
aus Kristall
in einem Bienenkorb aus Luft!
Wir küssen uns hindurch
durch Wasser.
Wunderbares Gefängnis,
dessen Türe
der Mond ist!

# Echo der Uhr

Ich setzte mich
in einen Zwischenraum der Zeit.
Es war eine Bucht des Schweigens,
eines weißen
Schweigens.

Ein ungeheurer Ring,
darauf die großen Sterne
zusammenstießen mit den zwölf
schwimmenden, schwarzen Zahlen.

## Omega

(Dichtung für Tote)

Die Gräser.
Abschneiden will ich mir die rechte Hand.
Harre.
Die Gräser.
Quecksilbern ist mein einer Handschuh und der andre
seiden.
Harre.
Die Gräser!
Schluchz nicht. Sei still, auf daß man uns nicht höre.
Harre.
Die Gräser!
Im Augenblick, da auf sich tat die große Tür,
stürzten die Statuen.
Die Grä-ser!!

# Erle und Turm

Erle und Turm.

Lebender Schatten
und ewiger Schatten.

Schatten von grünen Stimmen
und abgelöster Schatten.

Aug' in Auge Stein und Wind,
Schatten und Stein.

1925

# Ungewisse Einsamkeit

## *Nacht*

Die Nacht geschloßnen Bluts, verborgner Ader
– die Mandel nicht berührt von grünem Takte –,
die viel zu früh gepflückte Nacht bewegte
die Blätter und die Seelen. Stumm im weiten
Gerausch des Wassers badete ein Fisch
sich schlüpfrig im Gezitter strahlnden, eben
vom jungen Horn des Monds geschnittnen Elfenbeins.
Und singt nun an den Ufern der Kentaur
sein köstlich Lied von Trab und Pfeil, dann halten
die Meergrünwellen ein in ihrem Tonfall
mit einem Nardenschmerze ohne Ende.
Die Lyra tanzte in fingierter Biegung,
ein starres Zwischenweiß, starr geometrisch.
Des Wolfes Augen träumen in dem Schatten,
dem Blut des Schafs entsagend. Gegenüber,
mit Efeu-, Hyazinthenfeuchtigkeiten,
bricht Philomele aus in eine Klage
– der Quelle stete Flöte überschwebend –
über dem irren Süd. Derweil inmitten
des düstern Schreckens eine Männerstimme,
zerquält vor Schiffbruch, aufgeregt erscholl,
das Singen widerlegend durch die Angst.
. . . . . . . . . . . . . . . . .

Als Lilien aus Geschäum, so fielen hundert
und hundert Sterne in der Wellen Fortsein.
Das Meer, ein Stickrahmen, spannt seine Seide,
derweil Favonius bläst und Thetis singt.
Es sprechen, ja, die stummen Fische Worte,
kristallen, rund und aus verborgner Brise.
Akademie im Regenbogenkreuzgang
da unterm dichten doch durchdringbarn Rausche.
Es reicht verwegne Brücke von Delphinen
bis wo das Wasser wird zu Schmetterlingen,
zum Klagehalsband um den feinen Sand,
zur Falbel an den Bergen ohne Arme.
. . . . . . . . . . . . . . . . .

Der eisig kalte Mond kreist, während Venus,
mit salzger Haut, im Sand unschuldger Muscheln
einfältig weiße Augenäpfel öffnet.
Die Nacht nimmt ihre klaren Spuren auf
mit Frauenschuhn aus Phosophor und aus Schaum,
derweil der steife Riese ohne Regung
ihr streift den lauen Rücken ohne Muschel.
Der Himmel – sieht er, daß sein Fleisch verwandelt
in Fleisch, das teilhat an dem harten Stern
und der Molluske grenzenloser Angst –
reizt eine schon verschwommne Narbe auf.
. . . . . . . . . . . . . . . . .

2. März 1926

# Ode an Salvador Dalí

Im hohen Garten, den du dir erwünschest, eine Rose.
Ein Rad in der reinen Syntax des Stahls.
Der Berg impressionistischen Nebels entkleidet.
Die grauen Farben spähn nach ihren letzten Balustraden.

In ihren weißen Studios schneiden die modernen Maler
die aseptische Blume der Quadratwurzel.
Ein Marmor-*ice-berg* auf der Seine Wassern
befriert die Fenster und zertrennt den Efeu.

Der Mensch tritt kraftvoll auf der Straßen Plattenpflaster.
Die Fenstergläser meiden die Magie des Widerscheins.
Die Läden, die Parfüms verkaufen, hat die Regierung schließen lassen.
Und es verewigt die Maschine ihren Zweitakt.

Ein Nichtvorhandensein von Wäldern, Paravents und Stirngerunzel
umirrt der alten Häuser Dächer.
Es blänkt die Luft ihr Prisma überm Meer,
und es erhebt der Horizont sich wie ein großer Aquädukt.

Matrosen, welche Wein und Dämmerung nicht kennen,
enthaupten in den Meeren, die aus Blei, Sirenen.
Die Nacht, die schwarze Statue der Umsicht,
hält in der Hand des Mondes runden Spiegel.

Ein Wunsch nach Formen und Begrenzung übermannt
uns.
Der Mensch kommt, der mit gelbem Zollstock sieht.
Ein Stilleben in Weiß ist Venus,
und es entfliehn die Sammler bunter Schmetterlinge.

Im Waagezünglein zwischen Meer und Hügel, Cada-
qués –
errichtet freie Treppen und birgt heimlich Muscheln.
Flöten aus Holz beschwichtigen die Luft.
Ein alter Waldgott gibt den Kindern Früchte.

Im Sande schlafen seine Fischer ohne Träumerei.
Es dient auf hoher See als Kompaß ihnen eine Rose.
Der jungfräuliche Horizont zerzuckter Tücher
vereint des Fisches und des Mondes Spiegelscheiben.

Ein harter Kranz von blanken Brigantinen
liegt fest um bittre Stirnen und um Haar mit Sand.
Es überzeugen die Sirenen, doch sie verleiten nicht
und kommen her, wenn wir ein Glas mit süßem Wasser
zeigen.

O Salvador Dalí, olivenfarbenstimmig!
Nicht rühm' ich deinen unvollkommnen, jugendlichen
Pinsel,

nicht deine Farbe, die um die Farbe deiner Zeit herumkreist,
doch lob' ich deine Sehnsucht nach begrenzter Ewigkeit.

Hygienische Seele, du lebst auf neuen Marmorn.
Du fliehst den dunklen Wald von unglaubwürdgen Formen.
Dahin gelangt dir deine Phantasie, wohin dir deine Hände reichen,
und du genießest das Sonett des Meers in deinem Fenster.

Unordnung hat und stumme Dämmerung die Welt
in jenen ersten Grenzen, wo der Mensch schon öfters hinkommt.

Doch zeigen schon, derweil sie Landschaften verbergen,
die Sterne das vollkommne Schema ihrer Bahnen.

Es staut sich an der Strom der Zeit und er bringt Ordnung
in alle jedem Dinge zugehör'gen Formen eines und eines anderen Jahrhunderts,
Der unterlegne Tod flieht zitternd
in den sehr engen Kreis der gegenwärtigen Minute.

Ergreifst du die Palette, deren einer Flügel ist durchschossen,
das Licht begehrst du dann, das lebend macht des Ölbaums Krone.

Das volle Licht Minervas, der Gerüste Konstruktorin,
das Licht, darin nicht Platz der Schlaf mit seiner ungenauen Blüte hat.

Du forderst das antike Licht, das an der Stirne haftet,
das nicht zum Mund und nicht zum Herzen niedersinkt des Menschen.
Licht, das des Bacchus inniglich geliebte Reben fürchten,
vor dem sich fürchtet auch die ungefüge Kraft des reichgekrümmten Wassers.

Recht hast du, Warnsignale aufzustellen
im düstern Grenzbereich, der nächtens schimmert.
Du willst, als Maler, nicht, daß dir die Form erweiche
die wechselvolle Watte einer unvorhergesehnen Wolke.

Der Fisch im Fischglas und der Vogel in dem Bauer.
Du willst sie nicht im Meer und nicht im Winde erfinden.
Du stilisierst oder kopierst, nachdem du ihre wendgen Leibchen
betrachtet hast mit redlichen Pupillen.

Du liebst Materie, welche definiert ist und exakt,
darauf der Schwamm nicht kann sich seine Lagerstatt errichten.
Du liebst Architektur, die konstruiert im Nichtvorhandensein,
und läßt die Fahne zu wie einen simplen Scherz.

Der Stahlzirkel sagt seinen kurzen und geschmeidgen
Vers.
Und unbekannte Inseln widersprechen nun dem
Globus.
Die gerade Linie sagt ihr vertikales Streben,
und die Kristalle, die gelehrten, singen ihrer Meßkunst
Lehren.

Doch auch die Rose, in dem Garten, wo du lebst.
Immer die Rose, immer, Nord und Süden von uns
selbst!
Ruhig, gesammelt, einer blinden Statue gleich,
unkundig der vergrabnen Kräfte, welche sie hervor-
ruft.

Die reine Rose, die von Künstelein und flüchtgen Skiz-
zen säubert
und uns des Lächelns feine Schwingen öffnet.
(Festgehaltner Falter, der über seinen Flug nach-
sinnt.)
Rose des Gleichgewichtes ohne selbst gesuchten
Schmerz.
Immer die Rose!

O Salvador Dalí, olivenfarbenstimmig!
Ich sage, was mir deine Bilder sagen und dein Persönli-
ches.
Nicht rühm' ich deinen unvollkommnen, jugendlichen
Pinsel,
doch singe ich die sichre Richtung deiner Pfeile.

Ich singe deine schöne, kräftge Müh voll Kataloniens Lichtern,
und deine Liebe auch zu dem, was eine mögliche Erklärung hat.
Ich sing dein Herz, das stark und astronomisch ist,
und ist wie ein französisch' Kartenspiel und unversehrt.

Ich sing die Statuensehnsucht, der ohne Unterlaß du folgst,
die Furcht vor der Erregung, die deiner auf der Straße wartet.
Ich sing des Meers Sirenchen, das für dich dort singt
auf einem Fahrrad aus Korallen und aus Muscheln.

Vor allem aber sing ein uns gemeinsam Denken ich,
das uns vereinigt in den dunklen und den goldnen Stunden.
Nicht ist die Kunst das Licht, das uns die Augen blendet.
Die Liebe ists zuerst, die Freundschaft oder auch das Fechten.

Zuerst kommt, vor dem Bild, das du geduldig zeichnest,
Thereses Busen – der Therese, deren Haut ist ohne Schlaf,
Mathildes, der so undankbaren, dicht angelegte Locke
und unsre Freundschaft, die gemalt ist wie ein Gänsespiel.

Blutige Fingerabdruckspuren auf dem Gold
mögen das Herz des ewgen Katalonien streifen.
Und Sterne mögen, Fäusten ohne Falken gleich, für dich erstrahlen,
solang dein Leben blüht und deine Malerei.

Betrachte nicht die Wasseruhr mit häutgen Flügeln
und nicht die strenge Sense der Allegorien.
Bekleide, entkleide deinen Pinsel immer in der Luft
dem Meere gegenüber, belebt von Schiffen und von Seevolk.

# Lied

Gelinder Wohlgeruch, Herz ohne Skala,
und unveränderliche Luft im Rund,
du festes Herz, der Mittnacht Überwinder,
verlassen will ich euch und will allein sein.

In dem Polarstern, der enthauptet ist.

Und im zerbrochnen und versunknen Kompaß.

# Die Sirene und der Carabinero

(Fragmente)

*Für Guillermo de Torre*

Die schiefe Kegellandschaft von Schaum und Ölfrucht-
bäumen
umreißt ihre Profile im harten Blau des Himmels.
Es strafft ein tiefes Licht sich, bar jeder Nebelfalte,
gleich einem rosa Rücken von nackter Frau, die
badet.

Es öffnen Schiff' und Hähne Gefieder-, Leinenflügel.
Delphine, die sich folgen, spielen zerbrochne
Brücken.
Der Mond des Abends tritt heraus in aller Rundheit,
der keusche Hügel bringt Gemurmel dar und Balsam.

Es singen die Matrosen am Ufersaum des Wassers
die heißen Bambuslieder und die Refrains von
Schnee.
In ihren Augen glänzen vertauschte Länderkarten.
Ein Ecuador ohn' Lichtglut, ein China ohne Luftzug.

Es tönen Kupferzinken durch die Gewölbebogen,
wo sonst an jedem Morgen der Fischer Flüche ausstößt.
Die Kupferzinken, welche die Zollwachmänner
blasen
im Kampfe mit dem Meer und seinen Völkerschaften.

Nun kommt die Nacht, vermummt mit einem Maultierfell,
und gibt den Dreieckseglern die allerderbsten Stöße.
Voll Schatten bleibt der Anmut Gestalt in tiefem Dunkel,
das Meer verliert die goldne Schamhaftigkeit und Tugend.

O Musen, die ihr tanzt in schönen Trinitäten
mit zarten, feuchten Füßen auf sanftem, saftgem Rasen!
Nehmt meine Gaben an, indem ihr neun verschiedne
Gesänge, doch ein Wort nur in hohe Lüfte schleudert.

# Inhalt

# Bibliothek Suhrkamp

**Verzeichnis der letzten Nummern**

498 Joseph Roth, Die Legende vom heiligen Trinker
499 Hermann Lenz, Dame und Scharfrichter
500 Wolfgang Koeppen, Jugend
501 Andrej Belyj, Petersburg
503 Cortázar, Geschichten der Cronopien und Famen
504 Juan Rulfo, Der Llano in Flammen
505 Carlos Fuentes, Zwei Novellen
506 Augusto Roa Bastos, Menschensohn
508 Alejo Carpentier, Barockkonzert
509 Elisabeth Borchers, Gedichte
510 Jurek Becker, Jakob der Lügner
512 James Joyce, Die Toten/The Dead
513 August Strindberg, Fräulein Julie
514 Sigmund Freud, Eine Kindheitserinnerung des Leonardo da Vinci
515 Robert Walser, Jakob von Gunten
517 Luigi Pirandello, Mattia Pascal
519 Rainer Maria Rilke, Gedichte an die Nacht
520 Else Lasker-Schüler, Mein Herz
521 Marcel Schwob, 22 Lebensläufe
522 Mircea Eliade, Die Pelerine
523 Hans Erich Nossack, Der Untergang
524 Jerzy Andrzejewski, Jetzt kommt über dich das Ende
525 Günter Eich, Aus dem Chinesischen
526 Gustaf Gründgens, Wirklichkeit des Theaters
527 Martin Walser, Ehen in Philippsburg
528 René Schickele, Die Flaschenpost
529 Flann O'Brien, Das Barmen
533 Wolfgang Hildesheimer, Biosphärenklänge
534 Ingeborg Bachmann, Malina
535 Ludwig Wittgenstein, Vermischte Bemerkungen
536 Zbigniew Herbert, Ein Barbar in einem Garten
537 Rainer Maria Rilke, Ewald Tragy
538 Robert Walser, Die Rose
539 Malcolm Lowry, Die letzte Adresse
540 Boris Vian, Die Gischt der Tage
541 Hermann Hesse, Josef Knechts Lebensläufe
542 Hermann Hesse, Magie des Buches
543 Hermann Lenz, Spiegelhütte
544 Federico García Lorca, Gedichte
550 Ernst Penzoldt, Kleiner Erdenwurm
553 Strindberg, Traumspiel
554 Carl Seelig, Wanderungen mit Robert Walser

# Bibliothek Suhrkamp

Alphabetisches Verzeichnis